AF467149

1 *Livraison.* unique

PUBLICATION

DE

CHANSONS, ROMANCES, FRAGMENS DE POEMES,
SATIRES, ÉPIGRAMMES,
CONTES, CHANSONNETTES, COUPLETS;

SOUS LA DIRECTION DE

M. ETIENNE JOURDAN.

TOME I.

PARIS,

BUREAU DE RÉDACTION, RUE D'ALGER, 11. | MARCHANT, LIBRAIRE, BOUL. S.-MARTIN, 12.

1836.

Le Barde

Paris

LE BARDE.

PRELUDE.

LE BARDE,

A MM. les auteurs (1) *qui la présente liront ou chanteront.*

AIR, Autant n'en pas avoir.

MONSIEUR ET CHER CONFRÈRE,

Savez-vous ce qu'on dit ?
« La chanson, qui naguère
» Avait tant de crédit,
» Devient triste, morose,
» Elle et ses vieux élus ! . . .
» Béranger se repose
» Et Désaugiers n'est plus ! »

(1) Nous avons cru devoir placer ici, comme avant-propos, cette missive rimée, qui n'avait d'abord été lancée que dans le monde littéraire.

AIR : Le tendre amour que je porte à ma fille.

Quoi! la chanson serait-elle endormie?
Ou son beau règne aurait-il disparu?
Hier encor, jusqu'à l'Académie
Malignement le bruit en a couru!
Comprend-on bien que le collègue Scribe,
En la flattant, porte atteinte à ses jours?
Muse, pardonne! en vain il te prohibe:
S'il est ingrat, c'est bon pour le *Discours*.

AIR de la Courte paille.

Pour nous remettre à l'aise
Et même à l'unisson,
Que la gaîté française
Ranime la chanson.
Si maint boudeur s'oppose
Au vœu le plus constant,
Laissant dormir sa prose,
Qui n'a rien de tentant,
Qu'il nous rime la chose,
Et combatte en chantant.

AIR : Ces postillons sont d'une maladresse.

Ceux qui voudraient nous réduire au silence
Doivent avoir un grand fonds de chagrin.
Combien sont-ils qui prétendent qu'en France
En ne peut plus lancer un gai refrain?

Un tel propos, cher confrère, nous touche;
Mais nous pouvons aisément l'arrêter :
Aidez-moi donc à leur fermer la bouche
En les faisant chanter.

Air : Prenons d'abord l'air bien méchant.

Fiers de prendre un essor nouveau,
Nos vers, afin qu'on les répète,
Iront jusqu'à Fontainebleau (1)
Chercher le chansonnier poète !

---

(1) A cette circulaire chantante le Barde avait joint une note manuscrite qui s'adressait personnellement à Béranger; elle était ainsi conçue :

Air : A soixante ans on ne doit pas remettre.

Ces vers, éclos d'un tout petit génie,
Sont paraphés de votre serviteur :
Car de chanter j'ai souvent la manie,
Et de rimer j'ai toujours le malheur!
Mais qu'un couplet, répondant par mégarde
A cet appel d'un franc solliciteur,
De Béranger me rende débiteur,
Il servira de sauve-garde
Au Barde,
Et mon malheur me portera bonheur.

Le poète s'est empressé de répondre. Voici quelques extraits de sa lettre :

Fontainebleau, 23 février 1836.

« Votre joyeux prospectus, mon cher Étienne Jour-
» dan, a fait résonner à mon oreille toute gauloise d'a-

Abordant son humble réduit,
Ils auront la gloire peut-être,
S'ils osent faire un peu de bruit,
De réveiller notre grand-maître !

AIR : Restez, restez, troupe jolie.

Nous laisserons la politique,
Et ses prôneurs et ses frondeurs,
A ceux qui rêvent république,
Comme à ceux qui rêvent grandeurs;
Du budget quoi qu'on puisse dire,
Et que le trait arrive à point,

» gréables sons qui ont réveillé en moi de bien doux » souvenirs....

» Je ne chante plus.... Pardonnez-moi de ne pouvoir » concourir au succès que doit obtenir le Barde. Vieux » druide, caché au fond des forêts, je n'en prêterai pas » moins une oreille attentive à vos concerts; et je vous » prie, ne pouvant être au nombre de vos collabora- » teurs, de vouloir bien, au moins, m'admettre sur la » liste de vos abonnés...., etc. »

Le Barde a déjà reçu de semblables propositions de poètes et de chansonniers qui ont bien voulu accompagner leur demande d'abonnement des plus gracieuses productions. Tout en leur témoignant sa reconnaissance, il les prie, et cette prière s'adresse également au chansonnier devenu ermite, de jeter les yeux sur le couplet-post-scriptum qui termine sa lettre-vaudeville.

Nous tâcherons de ne pas rire
De lui ni de son embonpoint.

Air : Le cordon, s'il vous plaît.

Guerre aux romans et gare aux drames!
Car sans pitié nous les chansonnerons;
Mais les contes, les épigrammes,
Avec transport nous les accueillerons
Et vous, chantres du vaudeville,
Pour que du théâtre à la ville
Le Barde soit au grand complet....,
Un couplet,
S'il vous plaît!

Air : Ah! voilà la vie!

Pour qu'il se hasarde
Sans être abordé;
Pour qu'il larde, barde...,
Sans être lardé;
Oui, pour qu'en bon Barde,
Le Barde bombarde...,
Il faut voir le Barde
De traits piquants bardé!

Air : Aussitôt que la lumière.

Et chansonnette et romance,
Loin qu'il vous puisse oublier,

Le Barde se fait, d'avance,
Honneur de vous publier;
Vos paroles, je m'en pique,
Traduites en ut, en si,
Seront mises en musique...
Veut-on bien *noter* ceci?

Air du vaudeville de Madame Favart.

Quelque pièce qu'on m'envoie,
Œuvre de talent, de goût,
Recevant tout avec joie,
Avec soin j'imprime tout.
Mais je désire, en revanche,
Non sans avoir réfléchi,
Que chaque œuvre soit franche,
Et le port affranchi.

Air : J'arrive à pied de province.

Je suis, mon très cher confrère,
Votre serviteur...;
Bientôt je dirai, j'espère,
Et votre éditeur.
Il faut que je le devienne,
Pour qu'en moins d'un an
Le Barde grandisse et tienne.

ETIENNE JOURDAN.

POST-SCRIPTUM.

AIR : Te souviens-tu, Marie ?

Au bas de mainte lettre
On voit un *post-scriptum ;*
Je puis me le permettre,
Sans craindre un *erratum.*
Le Barde au public coûte
Six sous par numéro.
Pour des rimeurs, sans doute,
Ce serait cher ; *vero*
Aux auteurs, somme toute,
  Je l'offre *pro....*
    Zéro.

PARTIE RETROSPECTIVE.

UN AVARE. (1500.)

L'homme convoiteux est hastif
A ravir, à donner tardif;
Il sait bien les gens refuser,
Et est habile à s'excuser.
S'il donne rien, tost s'en repent;
Pour perdu tient ce qu'il despend;
Ses escus sans cesse il manie;
En autre livre n'estudie;
Soir et matin compte et recompte,
Pour sçavoir si son trésor monte;
Il soupire; toujours escoute
S'il vient rien; toujours est en doute;
Il n'a cure de payer rien.
S'on lui demande, il perd maintien;
Il donne, mais c'est pour gagner,
Et ne gagne pas pour donner;
Large il est là où il n'a droit,
En ses propres biens est estroit;
Pour donner a la main couverte,
Et pour prendre l'a bien ouverte.

GUILLAUME ALEXIS.

REVUE CONTEMPORAINE.

MA CHANSON,

OU

L'INSPIRATION BACHIQUE.

(1810.)

AIR : Dans la paix et l'innocence.

J'étais hier sur ma porte,
Cherchant un refrain joyeux;
Mon vieux serviteur m'apporte
Certain flacon de vin vieux.
Son doux parfum me réveille :
Alors, gai comme un pinson,
En commençant ma bouteille
Je commence ma chanson.

Bientôt ma verve s'allume,
Bacchus me rend troubadour,
Et du verre et de la plume
Je m'escrime tour à tour.
Par une double merveille,
J'expédie à l'unisson

La moitié de ma bouteille,
La moitié de ma chanson.

Plus je bois, plus je m'enflamme;
J'écris, je suis inspiré,
Et la chaleur de mon âme
Dans mes vers passe à mon gré.
Mortels, prêtez-moi l'oreille,
Et retenez ma leçon!...
Ici finit ma bouteille,
Ici finit ma chanson.

M. ARMAND GOUFFÉ.

UNE RENCONTRE SUR LE PONT DES ARTS.

DIALOGUE

ENTRE UN NOUVEL ÉLU ET UN ASPIRANT A L'ACADÉMIE FRANÇAISE.

L'ASPIRANT.

Ah! monsieur, je vous félicite
D'un succès qui vous fait honneur!

LE NOUVEL ÉLU.

Ah! j'en dois moins la réussite
A mon talent qu'à mon bonheur!

L'Opéra comique, paroles de M. EM. DUPATY.

LA FICHE DE CONSOLATION (1).

Avant vous je monte à l'autel :
Mon âge y pouvait seul prétendre.
Déjà vous étiez immortel,
Et vous aviez le temps d'attendre.

Par LE MÊME AU MÊME.

RECETTE CONTRE LE DÉCOURAGEMENT.

AIR : Je guette un petit de notre âge.

Le moindre obstacle nous irrite,
Quand il ne faut que l'aplanir,
Sachons bien qu'avec du mérite
Tôt ou tard on doit parvenir ;
L'intrigue en vain ou la disgrâce
De grands travaux troublent le cours,
Le vrai talent perce toujours
Et marque lui-même sa place.

M. FERDINAND DELABOULLAYE.

---

(1) Ce quatrain, où brille autant de grâce que de modestie, a été adressé en forme de carte de visite à M. V. Hugo par M. E. Dupaty le jour même de l'élection de ce dernier à l'Académie française.

PRODUCTIONS INEDITES.

PROFESSION DE FOI,

FAISANT SUITE A LA LETTRE-VAUDEVILLE DU BARDE.

Des goûts et des couleurs....

AIR : Moi, je flâne.

Moi, je chipe,
J'extrais, j'enlève, j'accipe;
Par principe
Et par goût
Je chipe tout.

Je suis un franc grappilleur.
Gare à vous, malins poètes!
Soignez bien ce que vous faites,
Et j'en prendrai le meilleur.
Sans fatiguer ma Minerve
A composer quelque écrit,
Pour être toujours en verve,
Pour montrer beaucoup d'esprit...,
Moi, je chipe, etc.

Or donc, plus que maint auteur
Je ne suis pas ridicule,
Et sans crainte et sans scrupule
Me faisant compilateur,
Je guette et prends à la trace,
Dans la ville et les faubourgs,
Tout ce qu'on fait avec grace,
Et même les calembours.

Moi, je chipe, etc.

Sans l'extrait d'un vieux journal,
Voltaire eût-il fait Œdipe (1) ?
La Fontaine au bossu chipe,
Boileau chipe à Juvénal !
Dans le monde, à tout bien prendre,
Qu'a-t-on dit et que dit-on,
Depuis le grand Alexandre
Jusqu'au Cosaque du Don ?

Moi, je chipe, etc.

J'ai nombre d'imitateurs
Qui chipent à la journée ;

---

(1) Voir les anciennes chroniques d'Athènes, dont Sophocle était rédacteur en chef et gérant responsable.

À la Bourse, à l'Athénée,
Je ne vois que des chipeurs!
Des bons vers que l'on m'exhibe
Pourquoi ne pas me doter,
Quand j'entends notre ami Scribe
Souvent lui-même chanter?

Moi, je chipe, etc.

À table on me voit partout
Suivre cet heureux système :
Je prends de tout ce que j'aime,
Et je crois que j'aime tout!
Au risque qu'on me surprenne
Chez Chloris ou chez Cypris,
Pour quelque peu que je prenne,
C'est toujours autant de pris!

Moi, je chipe, etc.

Sans avoir tout accipé,
Un beau jour viendra peut-être
Où, trouvant enfin son maître,
Le chipeur sera chipé!
C'est ainsi qu'à son caprice
Marquant notre dernier jour,

Avec un cruel délice,
Le temps nous chante à son tour :

Moi, je chipe,
J'extrais, j'enlève, j'accipe ;
Par principe
Et par goût
Je chipe tout !

M. Etienne Jourdan.

DÉCOUVERTES DANS LA LUNE.

COUPLETS TOMBÉS DU CIEL DANS LES BUREAUX DU BARDE.

Air du Bâilleur éternel de Désaugiers.

REFRAIN.

Ah ! ah ! ah ! ah ! ah ! ah ! ah ! ah !
C'est surnaturel !
Pour les curieux queu coup d' fortune !...
Ah ! ah ! ah ! ah ! ah ! ah ! ah ! ah !
J' pouvons dans la lune
Tout voir, grâce à monsieur Herschel.

Aussitôt qu' viendra la brune,
Sur les plac's on s'abord'ra,
Et puis chacun se d'mand'ra :
Mon gas, as-tu vu la lune ?

Ah ! ah ! ah ! etc.

On dit qu' dans c' pays d' Cocagne
On fait gras le vendredi ;
Les rochers sont d' suc' candi,
La mer est du vin d' Champagne.

Ah ! ah ! ah ! etc.

On voit des castors alertes
Fumant du matin au soir ;
Et les bœufs, pour y mieux voir,
Portent des lunettes vertes.

Ah ! ah ! ah ! etc.

Là tout s' féconde, tout pousse,
Les zharicos et les m'lons ;
On n'a pas d' mauvais' saisons,
On n' voit pas de lune rousse.

Ah ! ah ! ah ! etc.

Dans c'te planett', la fortune
Sourit égal'ment à tous ;
On n' voit point, z'ainsi qu' cheux nous,
Faire des trous à la lune.

Ah ! ah ! ah ! etc.

En amour, point de rebelle;
Point d' jaloux, point de nigauds;
Les homm's ont des ail's au dos
Pour voler de belle en belle.

Ah! ah! ah! etc.

On n'y chant' pas d' barcarole,
D' romance et d'air d'opéra:
C'est à qui mieux chantera
L'air d'*Hanneton vole! vole!*

Ah! ah! ah! etc.

Nous voyons des maris s' plaindre
Quand se pass' la lune d' miel;
Là bas n'y a rien de casuel,
Le croissant n'est point zà craindre.

Ah! ah! ah! etc.

Chacun avec sa chacune,
A présent, pour changer d'air,
Pourra, par les chemins d' fer,
D' la terre aller dans la lune.

Ah! ah! ah! etc.

Pour moi, queu chance opportune
Si j' vous plaisais par mes chants ;
Hélas ! c'est avec les dents
Désirer prendre la lune.

Ah ! ah ! ah ! ah ! ah ! ah ! ah ! ah !
C'est surnaturel ?
Pour les curieux queu coup d' fortune !...
Ah ! ah ! ah ! ah ! ah ! ah ! ah ! ah !
J'pouvons dans la lune
Tout voir, grâce à monsieur Herschel.

Écrit sous la dictée de Nicodème le Lunarien,

Par **Justin Cabassol.**

AH ! QUEL BONHEUR ! J'AI PERDU MES AMIS !

Air : Le tendre amour que je porte à ma fille.

Combien de gens, sur la triste galère
Où nous ramons garrottés deux à deux,
A l'amitié, dans leurs jours de misère,
Vont quémander quelques momens heureux !
Moi, qui de près ai vu plus d'un naufrage,
Leurre pareil m'est-il encor permis ?

Mon frêle esquif, démâté par l'orage,
Sur chaque écueil a laissé des amis !
D'amis chez moi, grand Dieu ! quelle cohue
Quand la fortune habitait mes lambris !
Mais un matin, comme elle était venue,
A tire-d'aile elle a fui du logis.

Depuis, j'ai beau laisser ma porte ouverte
Aux importuns qui l'assiégeaient jadis,
Le jour, la nuit, ma retraite est déserte....
Ah ! quel bonheur ! j'ai perdu mes amis !

Riche, il fallait subir la loi commune :
De mes salons s'éloignait la gaîté ;
Mes bons amis dissipaient ma fortune.
Adieu pour moi repos et liberté !
Dans le réduit où je vis solitaire,
Je suis exempt de tracas, de soucis ;
Et des ingrats je ne puis plus en faire....
Ah ! quel bonheur ! j'ai perdu mes amis !

Le sort de moi refit un personnage :
Tous mes amis aussitôt d'accourir.
Comme autrefois ils m'aimaient à la rage ;
A mon crédit chacun de recourir.
L'intrigue vient, qui m'enlève ma place :
De protecteur je retombe commis.

Mais comme un fou je ris de ma disgrace....
Ah! quel bonheur! j'ai perdu mes amis!

Mon faible cœur est né ponr la tendresse.
Lorsque j'avais des amis à foison,
Tous à l'envi courtisaient ma maîtresse,
Et de dépit j'en perdais la raison.
Leste à monter mon quatrième étage,
Dans mon grenier l'amour seul est admis;
Entre elle et moi plus de trouble-ménage....
Ah! quel bonheur! j'ai perdu mes amis!

J'ai de rimer l'innocente manie:
A m'admirer convives toujours prêts,
Que de flatteurs d'un brevet de génie
Ont affublé mes vers bons ou mauvais!
Mais à la table où si gaîment je rime
Depuis qu'enfin leur couvert n'est plus mis,
Mes faibles vers, je vous lime et relime...!
Ah! quel bonheur! j'ai perdu mes amis!

M. A. Naudet.

THÉATRES.

ACADÉMIE ROYALE DE MUSIQUE.

LES HUGUENOTS,

Paroles de M. E. Scribe, musique de M. Meyerbeer.

ANALYSE.

Air de l'Angelus.

Non loin des sinistres complots,
Vous entendez rire l'orgie ;
Du sang français des *huguenots*
La terre de France est rougie.
Des cœurs à l'humanité sourds
Blasphèment la bonté divine,
Et le deuil voile les amours
De Nangis et de Valentine.

Dans leurs doux penchans égarés,
C'est le péril qui les rassemble.
L'hymen les avait séparés ;
La mort va les frapper ensemble.
Unis pour épuiser le fiel
Du martyre qu'on leur destine,
Tous deux ils tombent, et le ciel
Reçoit Nangis et Valentine.

Il semble, en cette nuit d'effroi,
Par la puissance du génie,
Que le sang, aux cris du beffroi,
Coule avec des flots d'harmonie.
Pour peindre ces sombres instans
D'horreur, de trouble, de ruine,
Meyerbeer vivait donc au temps
De Nangis et de Valentine!

THÉATRE FRANÇAIS.

LORD NOVART (1),

Comédie en cinq actes de M. Empis.

Air du verre.

Acte premier, c'est lord Novart
Courant après un portefeuille;
Au deux, au trois, on voit Novart
Sans voir encor le portefeuille;
Au quatrième, lord Novart
Saisit presque le portefeuille;
Au cinquième, enfin lord Novart
Reste seul et sans portefeuille.

(1) Lord Novart a pris rang, comme œuvre littéraire, parmi les comédies modernes les plus remarquables. Cette pièce est surtout jouée avec un ensemble parfait, auquel n'a pas dû peu contribuer le talent bien connu du directeur du théâtre Français pour la mise en scène.

BEAUX-ARTS.

SALON DE 1836.

AIR : Adonis de Château-Vilain.

Le nouveau salon de peinture
Produit, à ce que l'on assure,
Un charme vraiment imprévu.
Je le crois, ne l'ayant pas vu.
D'après l'éloge qui transpire,
Le Barde se promet de dire
Très peu de mal de ce salon,
Et beaucoup de bien.... c'est selon!

RETENTISSEMENS.

LES OUVRAGES AVEC PRIME.

Dans ce temps éclairé qu'on est heureux de vivre!
Ne pouvant débiter les œuvres d'un auteur,
Le marchand donne à l'acheteur
Cent mille francs pour qu'il prenne son livre.

CONCERTS ET BALS DE MUSARD.

AIR : La boulangère a des écus.

Pour s'enrichir, monsieur Musard
Du bal choisit la muse;

Il fait manœuvrer avec art
L'archet, la cornemuse ;
Et, comptant sur plus d'un musard,
Combien il nous amuse,
Musard !
Combien il nous amuse !

SUR L'EXPOSITION DE 1836.

AVANT D'ENTRER AU SALON.

Le jury, dans son choix, peu coulant ou trop leste,
A refusé, dit-on, plus d'un tableau.
S'il ne voulait que du bon ou du beau,
Peut-être aurait-il dû renvoyer tout le reste.

PREMIER COUP D'OEIL.

Par une loi sévère en septembre rendue,
Dame caricature est bannie en tout point.
En voyant le salon, d'honneur, on ne croit point
Qu'aucune loi l'ait défendue.

LE BARDE.

CONDITIONS.

Les livraisons du Barde paraissent deux fois par mois, sur papier superfin, satiné, avec une couverture imprimée et une lithographie par les premiers artistes de Paris.

Le texte est divisé en trois parties : les deux premières, rétrospective et contemporaine, sont consacrées à reproduire, par extraits, les chefs-d'œuvre anciens et modernes de la poésie et de la chanson en France ; la troisième partie, et la plus abondante, ne renferme que des pièces inédites et d'actualité.

Douze livraisons formeront, tous les six mois, un fort volume, qui contiendra, outre les douze lithographies et une table alphabétique des matières, deux morceaux de musique, romance ou chansonnette, avec accompagnement de piano, des compositeurs les plus en vogue.

L'ouvrage entier se composera de 10 volumes, et n'excèdera pas ce nombre.

PRIX DE L'ABONNEMENT :

Pour Paris, 30 centimes la livraison ; 35 centimes pour les départements.

ON SOUSCRIT A PARIS :

Au bureau de rédaction, rue d'Alger, 11.	Chez Marchant, libraire, boul. St-Martin, 12.

On ne s'abonne pas pour moins d'un volume, payable d'avance.

Nulle production inédite contenue dans le BARDE ne peut faire partie d'aucun autre recueil sans une autorisation spéciale du Directeur.

(*Affranchir.*)

Imprimerie de GUIRAUDET et JOUAUST, rue Saint-Honoré, n° 315.